EN EL FÚTBOL ESTÁ LA FUERZA

POR JAKE MADDOX

Texto de Rebecca Wright
Ilustrado por Aburtov

STONE ARCH BOOKS
a capstone imprint
Printed in the United States   5889

Publicado por Stone Arch Books, una marca de Capstone
1710 Roe Crest Drive, North Mankato, Minnesota 56003
capstonepub.com

Los datos de catalogación previos a la publicación se encuentran disponibles en el sitio web de la Biblioteca del Congreso
ISBN: 9781669063223 (tapa dura)
ISBN: 9781669063339 (tapa blanda)
ISBN: 9781669063261 (libro electrónico PDF)

Resumen: Dominic Harper no quiere jugar fútbol, pero cuando su mamá lo inscribe, no tiene otra opción. Así que se pasa los entrenamientos haciendo tonterías en el campo, aunque en secreto admira las destrezas de Carlos, la estrella de su equipo. Cuando Carlos tiene que faltar a un partido, Dominic se da cuenta que podría ser su oportunidad para destacar. Pero después de sus travesuras, ¿será que el entrenador o alguno de sus compañeros de equipo confían en que Dominic marcará la diferencia?

Diseñadora: Veronica Scott

TABLA DE CONTENIDO

CAPÍTULO 1

CALIENTA BANCAS

Al salir de la escuela un lunes, Dominic Harper, de doce años, se desplomó en el asiento trasero del auto de su mamá. "No tengo ganas de jugar fútbol", dijo cruzando los brazos sobre el pecho.

"Yo sé que la enfermedad de Caleb ha sido algo duro para ti", dijo su mamá mientras abrochaba a Caleb, el hermanito de Dominic de dos años, en su asiento de bebé. "Pero tampoco puedes estar todo el día en casa con tus videojuegos".

Dominic suspiró.

"Esta será una mejor manera de aprovechar tu tiempo", continuó mamá. "La operación de Caleb es en dos semanas. Después, todo volverá a la normalidad".

Dominic oyó la voz entrecortada de su mamá. Incluso sin mirarla, supo que tenía lágrimas en los ojos. *Podría*, pensó. *Quiere decir que todo podría volver a la normalidad.*

El problema había empezado meses atrás, cuando Caleb de repente empezó a estar inquieto todo el tiempo. Sus papás no lograron entender por qué hacía tanto berrinche. Chillaba y lloraba mucho. Dejó de dormir toda la noche. Finalmente, el médico había descubierto lo que le pasaba: Caleb tenía un tumor en la espina dorsal y había que operarlo para quitárselo.

Según el médico, probablemente se trataba de un tumor inofensivo y Caleb iba a estar bien. Pero aún así, había una pequeña posibilidad de que Caleb tuviera cáncer, y Dominic estaba realmente preocupado por su hermano. No estarían seguros de que Caleb iba a estar bien hasta después de la operación.

Por lo general, los padres de Dominic limitaban la cantidad de tiempo que pasaba jugando con la computadora y los videojuegos, pero como últimamente estaban tan ocupados con Caleb, no se preocupaban por las reglas. Dominic había estado jugando videojuegos y juegos de computadora sin parar después de clases y los fines de semana. Cuando no podía dormir por la noche, se levantaba, encendía la computadora y seguía jugando. Cuando jugaba, no se sentía tan nervioso.

El fin de semana pasado, mamá por fin se había dado cuenta de su obsesión electrónica. "Dominic, estás jugando demasiado en la compu", le había dicho. "Por favor, busca otra cosa que hacer".

"Claro, mamá", había aceptado Dominic, pero siguió jugando. *Es mejor que estar aquí preocupándome por Caleb*, se había dicho a sí mismo.

Cuando su mamá se dio cuenta de que Dominic no había dejado de jugar, finalmente desenchufó la computadora, se llevó el teclado y dijo, "Ya está, Dom. Te voy a inscribir en el equipo de fútbol del centro comunitario. Te vendrá bien salir y correr un poco".

Sin sus juegos, el resto del fin de semana se había hecho eterno para Dominic. Ahora iba rumbo a su primer entrenamiento de fútbol, y no le hacía ninguna gracia.

Cuando su mamá paró el auto junto a la cancha de fútbol, Dominic vio que varios chicos ya estaban reunidos allí. Algunos driblaban por el campo haciendo una especie de carrera de relevos. Otros estaban sentados en el banquillo.

"Lamento no tener tiempo para acompañarte, Dom", dijo su mamá. "Pero Caleb tiene una cita, así que tengo que irme".

Dominic permaneció pegado a su asiento mirando por la ventanilla. "Solo veo a una persona que conozco", dijo.

"¡Al menos conoces a alguien!", dijo mamá con una sonrisa. "¡Ahora, anda, ve!".

"Se llama Nathan", dijo Dominic, que seguía firmemente plantado en su asiento. "Siempre se mete en problemas en la escuela".

"Ah, entonces quizá deberías alejarte de él", dijo mamá. "De todos modos, ¡adelante! Intenta divertirte".

Dominic salió del auto de mala

gana y pateó la superficie de grava del estacionamiento. *Esto es lo último que quiero hacer,* pensó.

Cuando Dominic se acercó a la cancha, vio a Nathan y a los otros chicos en el banquillo. Jugueteaban y se empujaban, riéndose.

Un hombre con un sujetapapeles se acercó a Dominic. "Tú debes de ser Dominic Harper. Soy coach Everett. ¡Bienvenido a los Rockets! Tu madre me llamó y me dijo que vendrías hoy", dijo. "Ahora estamos practicando pases y nos vendría bien otro jugador. ¿Qué te parece?".

Dominic miró a los jugadores que se turnaban para patear el balón en la cancha. "No, gracias", dijo.

El entrenador levantó una ceja y le miró fijamente, esperando una explicación. Finalmente, Dominic dijo, "Es que no tengo ganas. Mejor me siento aquí en el banquillo un rato".

El entrenador Everett sacudió la cabeza. "Como quieras", dijo. "Pero ahora estás en el entrenamiento de fútbol y te agradecería que te unieras a tus compañeros". Luego se dio la vuelta y tocó el silbato para reunir a los jugadores en la cancha.

CAPÍTULO 2

ALBOROTADORES

Dominic no se unió a sus compañeros de equipo, al menos no a los que estaban en la cancha.

"Ey, Dom. ¿Qué onda?", dijo Nathan mientras Dominic se dirigía al banco y se sentaba.

"Nada", respondió Dominic. "¿Por qué no están en la cancha?".

"Sólo estoy aquí porque mi madre quiere que participe en deportes de equipo", dijo Nathan, rodando los ojos. "De todos modos, Johnny y yo estábamos a punto de tener un concurso de eructos. ¿Quieres participar?".

"¡Suena mejor que jugar fútbol!", dijo Dominic. Respiró hondo y tragó todo el aire que pudo. Un segundo después soltó un sapo sonoro y descarado.

Johnny y Nathan soltaron una carcajada e intentaron igualar el eructo de Dominic. Los tres chicos siguieron, cada uno intentando superar a los demás, hasta que finalmente el resto del equipo se acercó al banquillo para tomar agua.

Mientras el resto del equipo se alineaba en el dispensador de agua, un jugador se acercó a Dominic, Johnny y Nathan. Parecía estar molesto. "Si no van a jugar, ¿podrían al menos dejar de distraernos?", ladró. "Nos espera un partido importante, y estos ejercicios nos ayudarán con nuestro ataque".

"Pero, Seth... somos las animadoras",

respondió Johnny. "¡Se supone que las animadoras son ruidosas!".

"Te hubieras quedado en casa", exclamó Seth. "Ya estás desanimando al equipo, y apenas es el primer entrenamiento".

Nathan se levantó, como si fuera a discutir. Antes de que pudiera hacerlo, el entrenador se acercó e interrumpió.

"¡Basta!", dijo. "¡Todos a la cancha!". Miró con dureza a Dominic, Johnny y Nathan. "Eso los incluye a ustedes tres también".

Los chicos obedecieron, pero la diversión continuó en el campo. Dominic, Johnny y Nathan reían y se empujaban mientras esperaban su turno en la fila, ignorando las miradas que les dirigían sus compañeros de equipo.

Durante un ejercicio, cuando Dom tenía que pasar el balón a un compañero, lo pateó a propósito en la dirección contraria. Nathan y Johnny soltaron una carcajada.

Para entonces, el entrenador ya estaba harto. "Muy bien, ustedes tres, de vuelta al banquillo", gritó.

Dominic se acercó al banco y se tumbó boca arriba para poder mirar las nubes. *No puedo creer que tenga que estar aquí todos los días. El entrenamiento de fútbol es tan aburrido,* pensó. *Preferiría estar en la consulta del médico con mamá y Caleb. Al menos así sabría lo que le pasa.*

Cuando Dominic pensó en su hermano, le empezó a doler el estómago por la ansiedad. Siempre le ocurría lo mismo cuando pensaba en Caleb y en lo que le podría pasar a raíz de su enfermedad.

Estará bien, se dijo a sí mismo. *Tiene que estarlo.*

Cuando el entrenamiento finalmente terminó, Seth marchó hacia el banco, donde Dominic aún estaba recostado.

"¿Por qué te uniste al equipo?", Seth reclamó. "Algunos nos tomamos el fútbol en serio".

"No es asunto tuyo", espetó Dominic. Se dio la vuelta, agarró sus cosas y empezó a caminar hacia el estacionamiento para buscar a su mamá.

No es asunto tuyo que en realidad no quiera estar aquí. No es asunto de nadie que mi hermano pueda estar gravemente enfermo y que lo único que me distraiga de la preocupación sean los juegos en la computadora, pensó Dominic. *No es asunto de nadie más que mío.*

CAPÍTULO 3

LAS JUGADAS DE CARLOS

Cuando Dominic llegó al entrenamiento el martes por la tarde, se sentía mal del estómago. De camino a la cancha Caleb había estado muy inquieto, y su cuerpo había empezado a temblar como si tuviera frío, a pesar de que la temperatura era de setenta grados.

La madre de Dominic había estado tan preocupada que llamó al médico de Caleb. El médico les explicó que probablemente era sólo una reacción al nuevo medicamento de Caleb, pero Dominic seguía preocupado.

Quería irse a casa, pero su mamá había insistido en que le vendría bien estar activo, ya que así podría despejar la mente.

Dominic se acercó al banco de mala gana. Johnny y Nathan ya estaban allí. Segundos después, coach Everett se acercó a los tres.

"Miren, chicos. Necesito que salgan al campo y que entrenen duro hoy", dijo el entrenador. "Tenemos nuestro primer partido el próximo sábado, y es contra nuestro rival en la liga: los Warriors. Carlos faltará al partido y necesitaremos toda la ayuda posible. Hoy es el último entrenamiento hasta la semana que viene, así que tenemos que aprovecharlo al máximo".

"¿Quién es Carlos?", preguntó Dominic, mirando a los demás jugadores.

"Soy yo", dijo un chico que llevaba una playera roja. Estaba junto al dispensador de agua llenando su botella. "Si hubieras jugado con el equipo más de cinco minutos ayer, quizá te acordarías de mí".

"Espera", dijo Dominic. "¿Por qué no volveremos a entrenar hasta la semana que viene?".

El entrenador le dirigió una mirada frustrada. "Si hubieras prestado atención ayer, sabrías que el centro comunitario programó unas obras en la cancha a finales de la semana", dijo. "El entrenamiento se cancela hasta el lunes, así que el de hoy es muy importante. Empecemos. Ya nos dividimos en dos equipos para hacer la escaramuza".

Johnny y Nathan se levantaron para unirse al equipo en la cancha, pero Dominic permaneció sentado. "Solo quiero observar", dijo.

"Como quieras, Dominic", respondió el entrenador. "No puedo obligarte a jugar. Pero si vas a sentarte en el banquillo, al menos quiero que observes y animes a tus compañeros". Se dio la vuelta y se dirigió al centro del campo.

Dominic se cruzó de brazos y observó desde el banco. Miró a la cancha justo a tiempo para ver a Carlos marcar un gol.

"¡Así se hace, Carlos!", gritaron los jugadores.

Los dos equipos volvieron a encontrarse en el círculo central para el saque inicial. Enseguida, Carlos tomó posesión del balón y dribló por todo el campo. Otro jugador intentó quitarle el balón, pero Carlos hizo una finta, dando media vuelta en la otra dirección y driblando hacia la portería.

Vaya, pensó Dominic. *Carlos es bueno.*

Dominic observaba la cancha con tanta atención que ni siquiera se dio cuenta de que coach Everett se había sentado a su lado.

"Oye, Dominic", dijo el entrenador. "Quería hablar contigo. Me dijeron que tu hermanito está enfermo".

"Probablemente estará bien", dijo Dominic, mirándose los pies. "Lo sabremos la semana que viene, después de su operación".

El entrenador asintió con la cabeza. "Aun así, debe de ser duro para toda tu familia", dijo.

Dominic se encogió de hombros y miró al suelo. No quería hablar de esto. Aquí no. No con su entrenador.

"Sal a la cancha a practicar. Puede que te ayude a despejar la mente", dijo el entrenador, sonriendo ligeramente. "Me gustaría verte patear el balón al menos una vez hoy".

"Bien", dijo Dominic a regañadientes. Se levantó lentamente y caminó hacia la cancha, pero cuando empezaron a jugar, evitó el balón. Solo trotaba la cancha de arriba abajo, fingiendo que intentaba abrirse. Pero Dominic también observaba a Carlos: sus fintas, sus recortes hacia la portería, sus pases marcados.

Se siente bien estar en movimiento, Dominic admitió para sí mismo. *Pero si no puedo jugar como Carlos, ¿qué sentido tiene jugar?*

CAPÍTULO 4

LA FINTA

A medida que avanzaba la semana, Caleb se ponía cada vez más inquieto. Después de llevarlo al médico, sus papás habían decidido que se quedara en el hospital hasta la operación de la semana siguiente. Eso significaba que Dominic iba a pasar gran parte de su tiempo libre en casa de su abuelo.

El viernes por la tarde, después de pasar las dos últimas tardes en la sala viendo tele, su abuelo llegó de trabajar en el patio y se sentó a su lado.

"Hola", dijo su abuelo. "¿Me echas una mano con el rastrillo antes de que oscurezca?".

Buf, pensó Dominic. *Al abuelo realmente no puedo decirle que no.* Así que forzó una sonrisa y dijo: "Claro. Ahorita voy".

* * *

Dominic entró en el garaje y tomó un rastrillo. Al entrar en el patio, su abuelo gritó: "¡Mira lo que encontré!".

Antes de que Dominic pudiera responder, el abuelo le pasó un balón de fútbol. El balón llegó justo a los pies de Dominic.

"Abuelo", dijo Dominic, sorprendido, "¡qué buena patada!".

"En mis tiempos jugué un poco al fútbol", dijo su abuelo.

"No lo sabía", dijo Dominic. "¿Quieres enseñarme algunas jugadas? El primer partido de mi equipo es la semana que viene".

"¡Claro que sí!", dijo su abuelo, sonriendo. "Muéstrame como driblas".

Dominic cruzó el patio driblando, pero el balón se le alejaba demasiado. Cuando consiguió mantenerlo junto a sus pies, casi tropezó con él.

"Para que no se te aleje tanto el balón, prueba con unos ligeros toquecitos", dijo el abuelo. "Así será más difícil que un defensa te lo quite. Pásame el balón y te muestro".

Dominic pateó el balón a su abuelo, quien lo recibió y cruzó el patio driblando, dándole toquecitos al balón entre sus pies.

Cuando llegó a la orilla del patio, el abuelo de Dominic corrió hacia el balón como si estuviera a punto de darle una fuerte patada. Pero en vez de patearlo, puso el pie encima, lo hizo rodar hacia atrás y dribló en dirección contraria.

"Primero tienes que aprender a controlar el balón", dijo el abuelo, que seguía driblando. "El objetivo de una finta, como la que acabo de hacer, es zafarte de un defensa".

El abuelo de Dominic se detuvo, pensativo. Luego dijo, "Espera aquí. Te enseñaré la mejor manera de practicar el dribling".

Cuando su abuelo volvió un par de minutos después, llevaba una pelota de tenis. "Driblar con una pelota de tenis es como correr con pesas en los tobillos", dijo. "Cuando te quitas las pesas, corres más rápido. Después de que te acostumbres a driblar con una pelota de tenis, te resultará más fácil hacerlo con un balón de fútbol".

Dominic intentó driblar la pelota de tenis y tropezó con los pies. Se rió. Era difícil, pero se divertía. Y al menos por un rato, no se preocupaba por Caleb.

Después de que Dominic hiciera una finta especialmente buena, el abuelo silbó. "¡Mírate! Te estás volviendo bueno", gritó.

"Quizá algún día llegue a ser tan bueno como Carlos", dijo Dominic.

"¿Quién es Carlos?", preguntó su abuelo.

"Un chico de mi equipo", dijo Dom. "Nunca había visto a nadie jugar como él".

"¿Has visto alguna vez un partido de fútbol profesional?", preguntó el abuelo.

Dominic negó con la cabeza.

Su abuelo miró el reloj. "Pues estás de suerte", dijo. "Creo que ahora hay un partido. Vamos".

Los dos se dirigieron a la casa para ver el partido. Pasaron primero por la cocina para buscar algo de picar. Cuando se acomodaron

en el sofá y encendieron la televisión, Dominic quedó impresionado de inmediato.

"Estos jugadores son increíbles. ¡Incluso mejores que Carlos!", dijo Dominic mientras observaba a los jugadores pasar, esquivar, hacer fintas y driblar. "¡Esto es increíble!".

"Sí, lo es", asintió el abuelo, sonriendo.

CAPÍTULO 5

ALTIBAJOS

Dominic pasó el resto del fin de semana en casa de su abuelo. Aunque la operación de Caleb no era hasta el viernes, sus padres se alojaban en un hotel cerca del hospital para poder ver cómo seguía Caleb todos los días.

El domingo por la mañana, la madre de Dominic llamó para avisarle que se quedaría en casa de su abuelo el resto de la semana. Su mamá lo recogió y lo llevó a casa para que pudiera buscar más ropa, y luego lo dejó de nuevo con su abuelo con la promesa de llamarlo cada noche.

Dominic se sentía nervioso por lo de su hermano, y odiaba no saber qué estaba pasando. Ya que en la casa de su abuelo no había videojuegos ni juegos de computadora, Dom recurrió al fútbol. El domingo en la tarde pasó unas horas practicando con su abuelo al aire libre, y esa noche vieron un emocionante partido de fútbol profesional en la televisión. Después de un día entero de fútbol, Dominic por fin empezó a sentirse tranquilo de nuevo.

* * *

El lunes por la tarde, Dominic llegó a la cancha de fútbol para el entrenamiento. Por primera vez, estaba entusiasmado por jugar con el equipo. Llegó temprano con su abuelo, antes que nadie. Trajeron un balón de fútbol para que Dom pudiera practicar un poco más antes de que llegara el resto del equipo.

Dominic lanzó el balón a la cancha y lo persiguió mientras su abuelo miraba. "¡A ver cómo driblas, hijo!", gritó.

Dominic llevó el balón cancha arriba y cancha abajo, tocando ligeramente el balón con el interior de los pies como le había enseñado su abuelo. Estaba tan concentrado en driblar que ni siquiera se dio cuenta de que había alguien más allí.

De repente, el entrenador gritó desde la banda: "Dominic, ¡tienes un talento natural! ¡Qué bien controlas el balón! Recuerda alzar la vista siempre que puedas para evitar a los defensas".

Dom alzó la vista y sonrió. Coach Everett estaba de pie junto al abuelo, y ambos lo observaban.

"¡Claro, Coach!", respondió Dominic.

Los demás jugadores fueron llegando y el equipo empezó a calentar. Tras unos minutos de pases en parejas, los Rockets se alinearon para los ejercicios.

Trabajaron los pases, la defensa y los saques de esquina. Los compañeros de Dom, a excepción de Nathan y Johnny, quienes estaban sentados en la banda, parecían entusiasmados con su decisión de unirse a ellos en la cancha. Le animaban en los ejercicios y sprints.

Después del entrenamiento, Carlos se acercó a Dom y le chocó los cinco. "Oye, qué bien estuviste hoy", dijo. "No puedo esperar a ver lo que harás en un juego real".

"Gracias, Carlos", dijo Dominic, sonriendo. El entrenamiento había sido duro, pero le había dejado una sensación vigorizante. Cuando jugaba, ese angustioso dolor de estómago desaparecía y Dominic lograba *divertirse*.

* * *

Ese viernes, el día de la operación de Caleb, Dominic se sentía más ansioso que nunca. Se presentó al entrenamiento porque su abuelo lo había obligado, pero Dominic no quería estar allí.

Debería estar en casa esperando la llamada de mamá para saber cómo salió la operación, pensó.

El entrenador convocó un huddle al principio del entrenamiento, pero Dominic se despistó y no prestó atención. Cuando el equipo salió al campo, Dominic fue a sentarse en la banda con Nathan y Johnny, quienes estaban tonteando como de costumbre. Sus chistes y bromas eran la distracción perfecta.

Cuando el resto del equipo estaba jugando, Nathan y Johnny desafiaron a Dominic a correr de un lado a otro de la banda, dando saltitos y cantando "Los pollitos dicen pío, pío, pío".

Dominic aceptó el reto, cantando "Cuando tienen hambreee, cuando tienen fríooo!" y saltando tan alto en el aire como podía. El resto de los jugadores se detuvieron, confundidos por la escena.

"¡Sigan jugando, equipo!", gritó el entrenador. "No les hagan caso". Luego, le dijo a Dominic: "Si no puedes tomar esto en serio, Dominic, tendrás que estar en la banca en el juego de mañana".

Avergonzado de que el entrenador le hubiera gritado delante de todos, Dominic le contestó, "¡Ni siquiera quiero jugar! Es más, ¡espero que perdamos mañana!". Fue a recoger sus cosas, sin decir una palabra a Nathan ni a Johnny. Luego fue a sentarse en una mesa junto al estacionamiento, donde esperó hasta que su abuelo vino a buscarlo.

CAPÍTULO 6

RESULTADOS

Después del entrenamiento, Dominic subió al auto sin despedirse de nadie. Incluso ignoró a Johnny y a Nathan.

Su abuelo se dio cuenta enseguida de que algo andaba mal. "¿Qué tal el entrenamiento de hoy?", preguntó.

"No quiero hablar de eso", respondió Dominic. "Solo quiero saber cómo está Caleb".

"Todavía no sabemos nada, pero deberían llamar en cualquier momento", dijo su abuelo.

"Esta noche hay partido de fútbol. ¿Qué te parece si lo vemos mientras esperamos?".

Dominic sonrió. Al menos sería una distracción. "Claro que sí, abuelo", respondió.

En cuanto llegaron a casa, Dominic y su abuelo buscaron una merienda en la cocina, pero antes de que pudieran hacer nada más, sonó el teléfono. Inmediatamente, Dominic sintió que su estómago se hacía un nudo por la preocupación.

"¿Bueno?", dijo el abuelo al teléfono. Luego se detuvo un momento.

Dominic se quedó quieto mientras observaba, casi temeroso de moverse.

"¡Oh, gracias a Dios!", clamó su abuelo. Se secó las lágrimas de los ojos, pero Dominic pudo ver que eran lágrimas de felicidad.

"¿Era mi mamá?", preguntó Dominic

cuando su abuelo colgó el teléfono.

"¿Qué dijo?".

"No lo sabrán con seguridad hasta que obtengan los resultados del laboratorio mañana, pero los médicos pudieron sacar el tumor y creen que es inofensivo", contestó el abuelo. "Si los resultados salen bien, todos volverán a casa mañana".

Dominic abrazó a su abuelo. Por primera vez en meses, se sintió verdaderamente feliz.

* * *

Cuando Dominic se despertó a la mañana siguiente, se sintió aliviado al pensar en la operación de Caleb. Pero entonces recordó otra cosa: el partido de fútbol de esa noche.

Ayer metí la pata en el entrenamiento, pensó. *Tengo que esforzarme al máximo esta noche para compensar a mis compañeros.*

Dom pasó el día al aire libre practicando sus movimientos y viendo partidos de fútbol en la televisión.

Cuando se acercó la hora de irse, su abuelo se asomó por la puerta del patio y le preguntó, "¿Ya estás listo, campeón?".

Dominic entró corriendo, llenó su botella de agua, recogió sus cosas y se dirigió al auto.

* * *

Cuando Dominic llegó a la cancha, el sol empezaba a ponerse y ya estaban encendidos los focos. La mayoría de sus compañeros ya estaban calentando. Dom entró en el campo para unirse a ellos, pero nadie le saludó ni miró en su dirección.

Deben estar molestos por lo de ayer. No los culpo, pensó Dominic, así que se sentó en el banco.

El entrenador se acercó y se sentó. "Hola, Dominic. ¿Podemos hablar de lo que pasó ayer?", dijo. "Me molesta que no tomaras en serio los entrenamientos, y creo que a algunos de tus compañeros también".

Dominic suspiró. "No estaba siendo un buen compañero de equipo, y siento haberte gritado", dijo. "Estaba teniendo un mal día. Operaron a mi hermano ayer y hoy nos dirán si estará bien o no".

"No me puedo imaginar el miedo que sientes. Pero la forma en que actuaste ayer no fue aceptable, aunque estuvieras nervioso por lo de tu hermano. En el futuro, prefiero que vengas a hablar conmigo en vez de perturbar el entrenamiento", dijo el entrenador.

Dominic asintió con la cabeza.

"Mientras tanto", continuó el entrenador,

"creo que un poco de fútbol te vendrá bien. Podrás centrarte en otra cosa, como en tener un buen partido". El entrenador sonrió, se levantó y se dirigió al centro del campo para lanzar la moneda.

Los Rockets ganaron la volada y optaron por el saque inicial. El árbitro colocó el balón en el centro de la cancha y dio un paso atrás. Dylan, el centro delantero de los Rockets, subió corriendo y pasó el balón a su compañero de la izquierda, David. Intentaron avanzar, pero un jugador de los Warriors entró como un rayo, tomó posesión del balón y lo llevó hacia la portería de los Rockets.

El jugador de los Warriors pasó el balón a un compañero, quien lo disparó con fuerza a la red. Después de solo cuarenta y cinco segundos de juego, los Warriors habían marcado su primer gol.

El balón se puso en juego de nuevo, y dos de los Rockets lo pasaron entre el uno y el otro mientras avanzaban por la cancha. Pero cuando entraron al área del portero, un defensa de los Warriors arremetió, robó el balón y lo sacó de la zona defensiva.

Los Warriors consiguieron llevar el balón hasta la zona defensiva de los Rockets antes de que Nathan intentara quitárselo. Se lanzó hacia delante, pero como no había practicado mucho, acabó tropezando con el jugador que tenía el balón.

"¡Falta!", gritó el árbitro señalando a Nathan. "¡Penal a favor de los Warriors!".

Los Rockets gruñeron mientras se colocaban en defensa para el lanzamiento del penal. El jugador de los Warriors corrió hacia el balón y lo tiró con fuerza a la escuadra derecha de la portería. El marcador estaba en 0-2.

CAPÍTULO 7

TIEMPO FUERA

En el descanso de medio tiempo, los Rockets seguían perdiendo por dos.

Todos los jugadores estaban sentados en el banquillo cuando Dom alzó la vista y vio a sus padres caminando desde el estacionamiento.

Dominic quedó sorprendido. *¿Qué hacen aquí?*, se preguntó.

Lo primero que pensó fue que algo había ido mal con Caleb. Pero entonces vio que su madre llevaba en brazos a Caleb, dormido sobre su hombro, y podía ver en sus caras el alivio que sentían todos. Dominic corrió hacia ellos, con ganas de ver a su hermanito.

"El doctor dijo que Caleb va a estar bien", dijo mamá. Puso a Caleb en los brazos de su papá y le dió un fuerte abrazo a Dominic.

El estómago de Dominic dio volteretas. "¡Eh, chiquitín!", le dijo a su hermano pequeño, tirando suavemente de su pie. "¿Estás emocionado por verme jugar?". Caleb respondió con una sonrisa soñolienta.

"¿Cómo va el partido?", preguntó papá.

"Mal", dijo Dominic. "Vamos perdiendo 0-2".

"Bueno, aún queda tiempo", dijo su abuelo. "Ve y muéstranos lo que puedes hacer".

Mientras su familia iba a sentarse junto a los demás aficionados, Dominic se unió a sus compañeros de equipo, que estaban reunidos alrededor del entrenador.

Dom le dio un golpecito en el hombro

a su entrenador. "Coach", dijo, "¿puedo entrar pronto?".

El entrenador asintió con la cabeza. "¿Puedes prometerme que te concentrarás en el juego?".

Dominic asintió con entusiasmo. "Te lo prometo, Coach".

"Bien, ¿qué tal si relevas a Dylan como centro delantero?", dijo el entrenador. "En la siguiente interrupción del juego, puedes entrar".

Dominic estaba nervioso y emocionado mientras se preparaba para sustituir a Dylan. Podía oír a Johnny y Nathan sentados en la banca y soplando en el pliegue de los codos para hacer ruidos asquerosos. El ruido era tan molesto que el entrenador pidió tiempo después de un par de minutos y apartó a Dominic.

"Dom, realmente necesito tu ayuda", dijo el entrenador. "Tus amigos son una gran distracción para el equipo. Lo he intentado todo. ¿Podrías hablar con ellos antes de entrar?".

"Lo intentaré", dijo Dominic.

Cuando el balón volvió a ponerse en juego, Dominic se acercó a Nathan y Johnny. "Vamos, chicos", dijo. "Mis padres están aquí y tengo muchas ganas de jugar. ¿Pueden dejarlo un rato?".

"No, no tengo ganas de dejarlo", dijo Nathan. Johnny y él se rieron.

"Chicos", dijo Dominic, "el equipo está en problemas, ¡pero creo que podemos ayudar! Quizá sea divertido".

"Divertido sería si mis padres dejaran de obligarme a venir aquí", dijo Nathan.

"Mira", dijo Dominic, "Mi familia está aquí y yo...".

"Ya, ya. Solo déjanos en paz", dijo Johnny. "Estaremos callados".

Cuando Dominic se volvió hacia la cancha, oyó a los espectadores vitorear. Los Rockets habían marcado su primer gol. Iban 1-2.

Dominic corrió hacia coach Everett. "Prometieron guardar silencio", dijo. "¿Puedo entrar, por favor?".

El entrenador sonrió. "De acuerdo", dijo. "Entra. Dile a Dylan que se tome un descanso".

Dominic corrió hacia la cancha tan rápido como pudo.

CAPÍTULO 8

A LA CANCHA

Dominic veía cómo sus compañeros se pasaban el balón entre ellos, pero incluso cuando estaba abierto, no se lo pasaban. Estaba frustrado, pero después de faltar al entrenamiento de ayer, Dom entendía por qué no se lo pasaban. Pensaban que era un payaso.

La siguiente vez que estuvo abierto, Dominic agitó los brazos y gritó: "¡Aquí!".

Pero Seth tenía el balón. Miró directamente a Dominic y luego pasó el balón a otro compañero.

Tengo que hacer algo para demostrarles quién soy, pensó Dominic. *¿Pero qué?*

En ese instante, un jugador de los Warriors le quitó el balón a los Rockets. Dominic vio su oportunidad. Nadie, ni siquiera los jugadores del otro equipo, le prestaba demasiada atención.

Usaré eso en mi beneficio, pensó. *Nadie me verá acercarme.*

Dominic se lanzó hacia delante y le quitó el balón al oponente. Casi de inmediato, tres jugadores de los Warriors lo rodeaban.

Por fin, pensó Dominic. Fingió que estaba por driblar hacia la portería, pero justo cuando los demás jugadores cercanos empezaron a correr hacia delante, puso el pie encima del balón, lo jaló hacia atrás, dio la vuelta y se dirigió en otra dirección.

Dominic tenía ventaja hacia la portería, pero

pronto dos Warriors estaban de nuevo a su lado. Dominic hizo otra finta. Simuló dirigirse hacia la banda, pero luego giró y se lanzó hacia adelante con el balón. Dejó a los demás jugadores atrás. Ahora no había nadie entre él y la portería del otro equipo.

Dominic estaba a solo diez pies de la portería, pero el portero le estaba esperando, listo para impedir que marcara un gol. Dom se acordó de las fintas que le había enseñado su abuelo y fingió que iba a disparar el balón directamente a la red. Pero en el último momento, giró y lo tiró tan fuerte como pudo a la escuadra superior de la portería.

Dominic observó cómo el balón golpeó la red. No podía creer que acababa de empatar el partido.

CAPÍTULO 9

MINUTO FINALES

Después del gol de Dominic, los Warriors tomaron posesión del balón a media cancha. Sin embargo, unos minutos después, uno de los jugadores de los Rockets se la quitó. Al igual que antes, los jugadores de los Rockets seguían pasándose el balón entre sí, pero tenían problemas para avanzar por el campo y acercarse a la portería contraria.

Y seguían sin pasar el balón a Dominic. Solo que esta vez, había una razón diferente.

Los Warriors me están marcando demasiado, pensó Dominic. *Cada vez que me muevo, al menos dos defensas me siguen.*

Mientras tanto, Johnny también estaba en el campo y se encontraba cerca de la banda. Con su reputación de alborotador, ninguno de los Rockets pensaba siquiera en pasarle el balón. Estaba en la misma posición en la que Dominic había estado hacía poco tiempo.

"¡Quedan dos minutos!", gritó Coach Everett.

Dominic intentó desesperadamente liberarse para que alguien pudiera pasarle el balón. Por fin, vio su oportunidad. Uno de los Warriors que lo marcaba se distrajo, y Dominic corrió hacia adelante, alejándose del otro defensor.

Finalmente, uno de los compañeros de Dominic lo vio y le pasó el balón. Una vez que tuvo el balón, Dominic se echó a correr. Tres defensas de los Warriors se interpusieron entre él y la portería, pero Dominic hizo fintas a cada uno de ellos hasta que se quedó solo dentro del área de penales.

Pero el portero estaba preparado. Se quedó con los brazos extendidos, esperando que Dominic hiciera otra finta y disparara en dirección contraria.

Justo entonces, Johnny corrió por la banda hacia el otro lado de la portería, a unos diez pies de Dominic. El portero seguía concentrado en Dominic y no pareció notar que Johnny estaba ahí.

Como mucho, quedaría un minuto de partido. Dominic sabía que tenía que hacer algo, y rápido.

Echó la pierna hacia atrás, simulando que iba a tirar el balón con todas sus fuerzas a la portería, pero en el último momento, giró sobre sí mismo y se lo pasó a Johnny, quien estaba esperando en el lado opuesto de la portería.

Johnny se sorprendió y perdió el control

del balón, pero lo recuperó rápidamente. El portero no tuvo tiempo de llegar al otro lado, así que Johnny metió fácilmente el balón en la portería.

Hubo gritos y porras desde la banda. Los Rockets ya iban ganando 3-2.

Dominic miró a su familia. Animaban y aplaudían. Caleb, ya despierto y sentado en el regazo de su mamá, también aplaudía.

Solo quedaban treinta segundos de partido; no había suficiente tiempo para otra jugada. Los Warriors se pasaron el balón de un lado a otro unas cuantas veces, pero pronto el árbitro hizo sonar su silbato.

El partido había terminado.

Los Rockets se reunieron para celebrar, se chocaron los cinco y se pusieron en fila para felicitar a los Warriors por lo bien que jugaron.

Mientras todos recogían sus cosas, el entrenador dijo: "No olviden el entrenamiento del lunes. Nuestro segundo partido es el próximo sábado por la noche, y tenemos que seguir trabajando duro".

Dominic agarró su bolso y corrió hacia su familia. Se moría de ganas de darle un abrazo a su hermanito.

¿Olvidar el entrenamiento?, pensó Dominic mientras salía de la cancha. *¡Ya quiero estar ahí!*

BIOGRAFÍA DE LA AUTORA

Rebecca Wright escribe cuentos y novelas para jóvenes lectores. En su tiempo libre, le gusta jugar y ver fútbol, leer y cocinar.

BIOGRAFÍA DEL ILUSTRADOR

Aburtov ha trabajado como colorista para Marvel, DC, IDW y Dark Horse, y como ilustrador para Stone Arch Books. Vive en Monterrey, México, con su encantadora esposa, Alba, y sus traviesos hijos, Ilka, Mila y Aleph.

GLOSARIO

ansioso—nervioso

a regañadientes—hacer algo de mala gana

avergonzarse—sentirse apenado o incómodo

centrarse—enfocarse

escaramuza—juego de práctica

impresionar—hacer que te admiren

operación—un tratamiento médico en que se repara, se retira o se reemplazan partes del cuerpo lesionadas o enfermas

profesional—en el deporte: ganarse la vida haciendo algo que otras personas hacen solo para divertirse

reacción—una acción en respuesta a otra acción o acontecimiento

reputación—el carácter de una persona ante los ojos de otros

tumor—una masa de células anormales en el cuerpo

PREGUNTAS DE DISCUSIÓN

1. Dominic descubre que el fútbol es una actividad que le ayuda cuando se siente nervioso por la salud de su hermano. ¿Hay alguna actividad que te haga sentir mejor? Convérsalo.

2. Cuando Dominic se pone muy nervioso, acaba haciendo el tonto en lugar de jugar como parte del equipo. ¿Qué crees que podría haber hecho de forma diferente en estas situaciones? Habla de las posibilidades.

3. Aunque al principio Dominic tiene dificultades con el fútbol, practica y mejora para poder ayudar a su equipo. Habla sobre algún momento en el que hayas tenido que practicar para mejorar en algo.

TEMAS DE ESCRITURA

1. Imagina que eres un miembro de la familia de Dominic. Escribe un párrafo sobre cómo afrontarías la enfermedad de Caleb.

2. El abuelo ayuda a Dominic a mejorar en el fútbol y está a su lado cuando se enfada. Imagina que eres el abuelo y escribe una carta a Dominic expresando tu apoyo.

3. ¿Cómo cambiaría el final de este libro si los Rockets hubieran perdido contra los Warriors? Escribe un final diferente para esta historia.

GLOSARIO DE FÚTBOL

- **área de penales**—zona cercana a cada portería que se extiende 18 yardas a cada lado de la portería.

- **asistencia**—pase u otra acción que ayuda a un compañero a marcar un gol.

- **atrapar**—parar y controlar el balón de fútbol sin utilizar las manos

- **centrocampista**—jugadores que normalmente juegan en el centro del campo y contribuyen por igual al ataque y a la defensa.

- **defensas**—jugadores que se sitúan cerca de la portería de su equipo y contribuyen principalmente a la defensa

- **delanteros**—jugadores que juegan cerca de la portería contraria, centrados en el ataque

- **falta**—acción contraria a las reglas

- **finta**—movimiento rápido, como simular una patada, un pase o un drible, destinado a engañar al adversario.

- **fuera de lugar**—posición en el campo contrario en la que un jugador no debería estar durante un partido

- **penal**—tiro libre a la portería, concedido por faltas u otras infracciones que se producen cerca de la portería.

- **remate de cabeza**—golpear el balón con la cabeza.

- **saque de banda**—lanzamiento efectuado por un jugador desde la banda para poner el balón de nuevo en juego

- **saque de esquina**—tiro libre desde una esquina del campo cerca de la portería contraria

- **saque inicial**—el saque con el que comienza el juego en un partido de fútbol

- **saque de portería**—tiro libre que se concede a un jugador defensivo cuando un jugador contrario conduce el balón fuera de los límites de la línea de fondo

¡MÁS DE JAKE MADDOX!

¡LÉELOS TODOS!

¡LA DIVERSIÓN NO TERMINA AQUÍ!

DESCUBRE MÁS LIBROS DE JAKE MADDOX EN

capstonepub.com

¡Y QUE SIGA LA ACCIÓN Y LOS DEPORTES!